« Nina Têtemba » de Laurence Puidebois & Nicolas Lacombe
ISBN : 978-2-35067-065-2


Loi n°49.956 du 16 juillet 1949 sur les publications destinées à la jeunesse.
Dépôt légal : Mars 2012 - Imprimé en Belgique

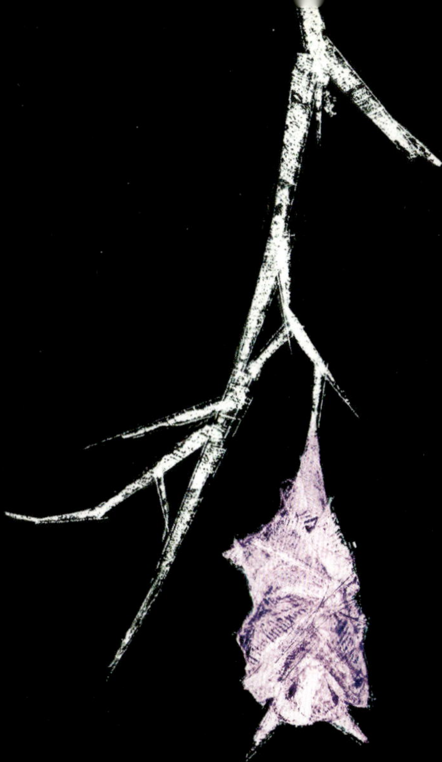

# Nina Têtemba

Texte de Laurence Puidebois
Illustrations de Nicolas Lacombe

Balivernes Éditions

- Nina, viens te coucher !

dirent papa et maman Têtemba.

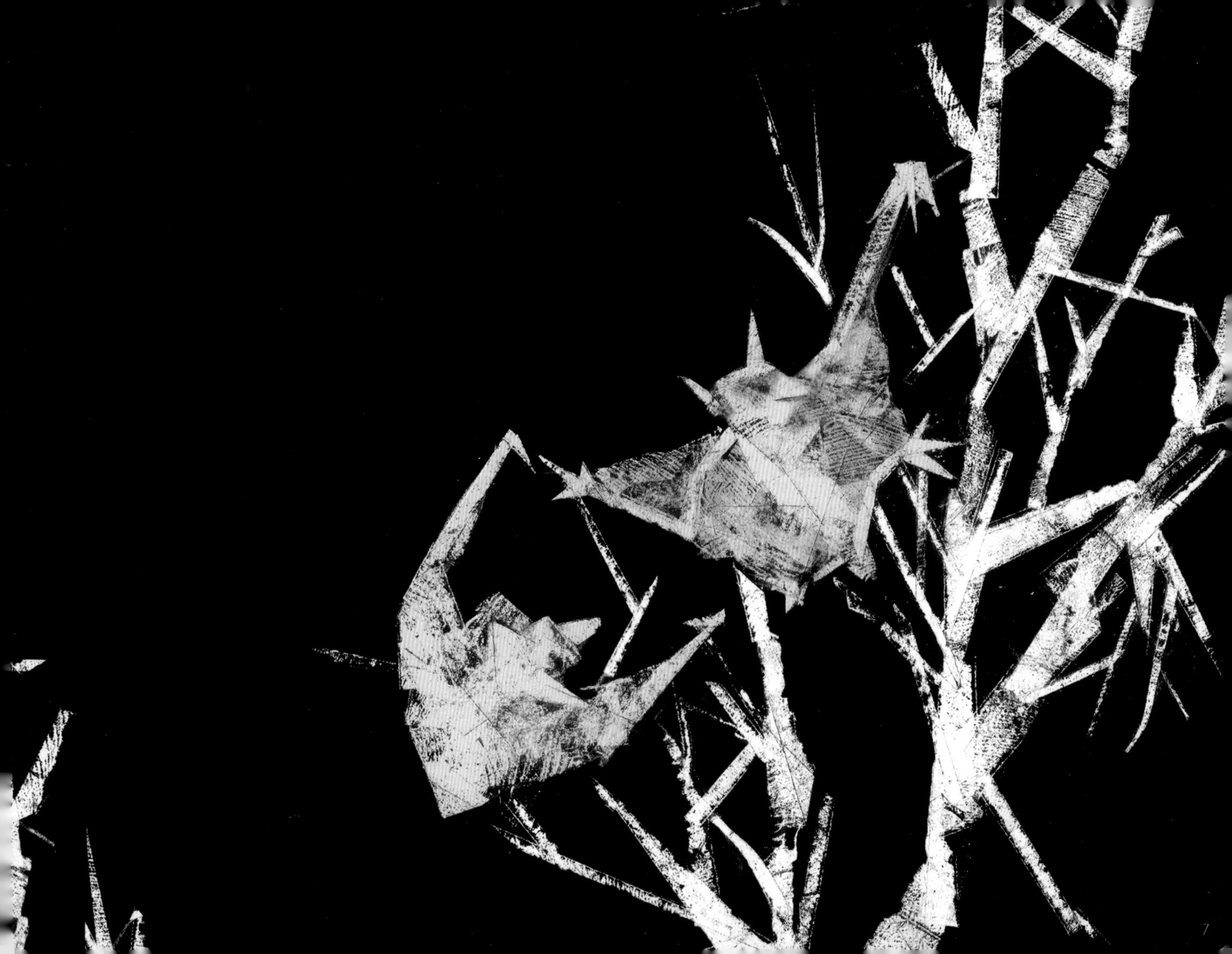

– Ah, non ! répondit Nina.

Pas la tête en bas !

Nina descendit quelques branches plus bas.

Elle aperçut l'oiseau.

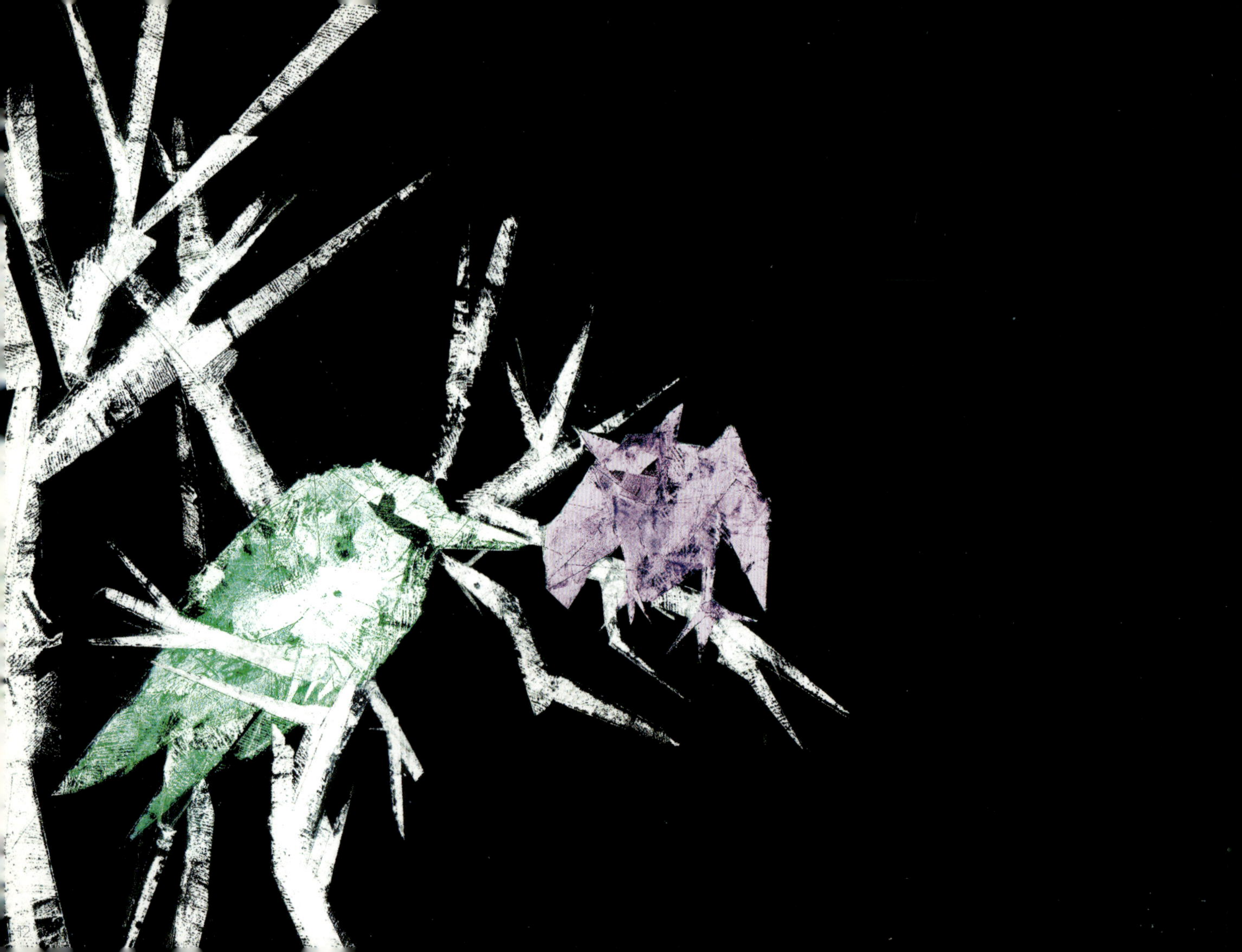

- Comment dors-tu, toi ? lui demanda Nina.
- Moi, je dors en équilibre sur une de mes pattes, répondit l'oiseau.

Et Nina fit comme lui. Elle ferma les yeux et...

PATATRAS ! Elle tomba par terre.

Là, elle rencontra le lapin.

- Comment dors-tu, toi ? lui demanda Nina.
- Moi, je dors bien au chaud dans mon terrier, répondit le lapin.

Et Nina fit comme lui. Elle ferma les yeux et...
- PPFFOU ! Qu'est-ce qu'il fait chaud ici ! s'exclama Nina.

Elle s'envola hors du terrier

et vit le poisson.

- Comment dors-tu, toi ? lui demanda Nina.

- Moi, je dors bien au frais au fond de l'eau, répondit le poisson.

Et Nina fit comme lui. Elle ferma les yeux et...

- GLOUPS ! On ne peut pas respirer, ici ! s'étrangla Nina.

Elle voleta jusqu'au buisson
et fit la connaissance du hérisson.

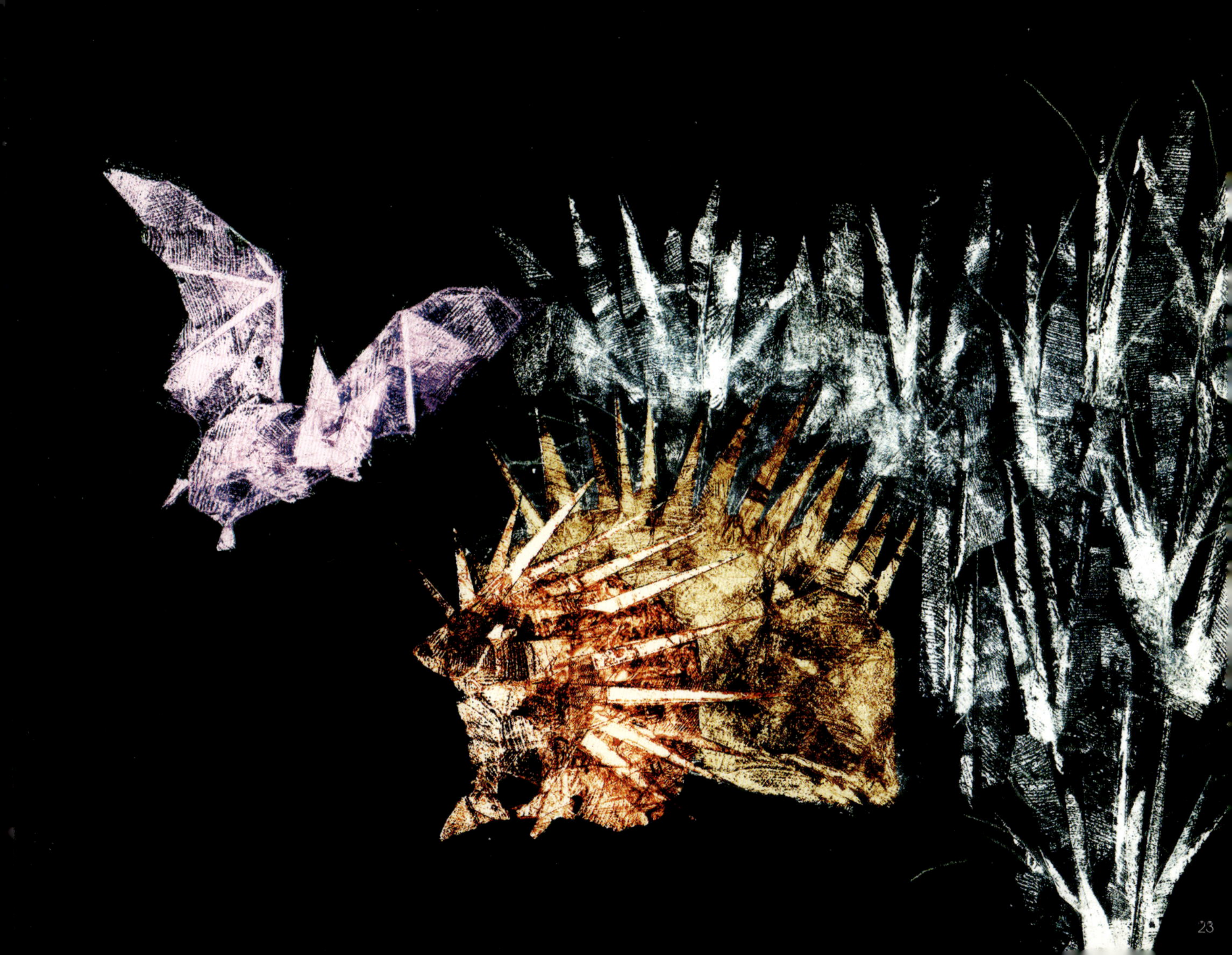

- Comment dors-tu, toi ? lui demanda Nina.

- Moi, je dors bien serré contre ma maman, répondit le hérisson.

Et Nina fit comme lui. Elle ferma les yeux et...

- AÏE ! Ça pique ! s'écria Nina.

Elle s'envola et croisa le putois.

- Comment dors-tu, toi ? lui demanda Nina.

- Moi, je dors au creux d'un rocher,
répondit le putois.

- BEURK ! Ça sent mauvais ! grogna Nina
qui n'essaya même pas de l'imiter.

Elle retourna bien vite auprès de ses parents.

- Finalement, je préfère dormir dans l'arbre,

près de vous, déclara Nina.

Et c'est ce qu'elle fit.

Elle ferma les yeux et... s'endormit bien vite.